ELUARD&PICASSO

和平咏

[法] 保尔·艾吕雅 / 著
[西班牙] 毕加索 / 绘画
罗大冈 / 译

人民文学出版社

Pour la paix

图书在版编目（CIP）数据

和平咏／（法）保尔·艾吕雅著；（西）毕加索绘画；罗大冈译. -- 北京：人民文学出版社，2025. -- ISBN 978-7-02-019051-5

Ⅰ.I565.25

中国国家版本馆CIP数据核字第20248ZN816号

责任编辑　黄凌霞
装帧设计　李思安
责任印制　苏文强

出版发行　人民文学出版社
社　　址　北京市朝内大街166号
邮政编码　100705

印　　刷　北京顶佳世纪印刷有限公司
经　　销　全国新华书店等

字　　数　72千字
开　　本　787毫米×1092毫米　1/16
印　　张　11.5　插页6
印　　数　1—3000
版　　次　2020年7月北京第1版
　　　　　2025年1月北京第2版
印　　次　2025年1月第1次印刷

书　　号　978-7-02-019051-5
定　　价　96.00元

如有印装质量问题，请与本社图书销售中心调换。电话：010-65233595

保尔·艾吕雅

保尔·艾吕雅（1895—1952）

法国二十世纪伟大的抒情诗人之一，超现实主义运动的奠基人。第二次世界大战时，他以诗歌为武器，痛斥战争，《自由》一诗被译成十种语言，由飞机空投到敌占区，广为流传。出版诗集数十种，主要有《和平咏》《畅言集》《礼赞集》《诗与真理》《和德国人会面》《和平的面目》等。

——— 毕加索 ———

毕加索（1881—1973）

　　西班牙画家、雕塑家，现代艺术的创始人，西方现代派绘画的主要代表。毕加索是当代西方最有创造性和影响最深远的艺术家，是二十世纪最伟大的艺术天才之一。代表作品有《格尔尼卡》《和平鸽》《亚威农少女》《生命》。其中《和平鸽》被选为国际和平会议海报。

目录

Pour la paix

和平咏（一九一八年）
　　和平咏　003

诗与真理（一九四二年）
　　自由　011

　　最后一夜　022

　　不久　029

　　宵禁　032

　　饥饿训练成的孩子　033

　　谁信有这样的罪行　034

　　狼　035

　　从里面　036

和德国人会面（一九四二年至一九四四年）
　　布告　039

　　勇气　042

　　又愚蠢又恶劣　045

　　杀　049

　　写给他们梦中的妇女　052

　　合乎人的尺寸　056

加勃里埃·佩里　061
　　战斗中的爱　065
　　正当八月天　068
　　关于这次胜利　071

政治诗集（一九四八年）

　　歌唱爱的力量　077
　　希望的姊妹们　080
　　纪念保尔·瓦扬-古久里　082
　　今天　085
　　诗应当以实践的真理作为目的　090
　　希腊在先　094
　　在西班牙　097
　　西班牙　098
　　年年"五一"　100

希腊，我的理智的玫瑰（一九四九年）

　　格拉谟斯山　105
　　寡妇们和母亲们的祷告　106
　　人迹不到的山中　109
　　眼睛太痛苦于所见的一切　110

　　　　打破孤独　　112

礼赞集（一九五〇年）
　　　　胜利的人们　　117
　　　　裴多菲百年祭　　119
　　　　因为要活而被控告　　123

畅言集（一九五一年）
　　　　善良的正义　　127
　　　　未来的时代　　130
　　　　一个诗人的僵化　　132
　　　　一个诗人的激昂　　135
　　　　希望的力量　　139
　　　　畅所欲言　　141

和平的面目（一九五一年）
　　　　和平的面目　　151

未编集（一九五一年至一九五二年）
　　　　布拉格的春夜　　168
　　　　给雅克·杜克洛　　170
　　　　路易斯·卡洛斯·普列斯特斯　　174

和平咏

（一九一八年）

《和平咏》发表于一九一八年，那时艾吕雅二十二岁。这几首短诗是我们这本诗选中所选录的，早于一九三六年的唯一的作品。参加了第一次世界大战的艾吕雅，一九一八年因为受了重伤，回到后方治疗休养。《和平咏》中流露着一个年轻诗人的天真而真挚的情感：对于战争的厌恨，对于和平生活的热爱。据诗人自己说，这些诗当初发表时，第一次世界大战虽已接近尾声，尚未正式停战。因此这些诗是未经官方审查、批准，擅自出版，在当时是多少带一点反战的鼓动作用的。

原诗十一首，选录七首。原诗无格律。标点按照原文，并非译者所加。

和平咏

所有幸福的妇女和她们的男人
重新见了面 —— 男人正从太阳里回来,
所以带来这么多的温暖。
他先笑,接着温和地说:你好?
然后抱吻他的珍宝。

全世界的伙伴们,
哈,朋友!
都抵不上我的老婆和孩子们,
坐在圆桌儿四周,
哈,朋友!

我的孩子很任性 ——
他的怪癖全都发泄出来。

我有一个伶俐俏皮的孩子,
他使我笑,使我笑个不停。

劳动吧!
我十个手指的劳动和脑力的劳动,
神圣的劳动,极艰苦的劳动,
这是我的生活,我们日常的希望,
我们的爱的食粮。
劳动吧!

美丽的爱人,我们要看看你的乳汁
像白玫瑰似的开花;
美丽的爱人,你要快快做母亲,
按照我的形象,生一个小孩。

很久以来,我有一张无用的面孔,
可是现在呢,

我有了一张可以使人爱的面孔,

幸福的面孔。

果木的繁花照亮了我的园子,

照亮美观的树木,照亮果子树。

我劳动着,一个人在园子里,

太阳用幽暗的火焰烧在我手上。

一九一八年七月

诗与真理

（一九四二年）

这个集子发表于一九四二年，其中包括的诗篇，显然不限于一九四二年的作品，也有一九四一年甚至一九四〇年写的。一九四〇年六月，巴黎陷落，纳粹的军队开始占领法国。艾吕雅这些诗里表达了纳粹占领法国初期的气氛。那时，地下抵抗活动虽很快地组织了起来，但是尚属萌芽，不够强大。所以那是激烈的地下抵抗斗争展开的前夕，是黑暗蒙蔽了光明、困难多于希望的艰苦时期。不难了解，艾吕雅当时所写的诗反映了周围的恐怖、饥寒、阴沉、凄苦，以及无声的愤怒——老百姓对于占领者的无边的愤怒与不断增长的仇恨。就在那种情况之下，艾吕雅不顾严重的危险，振臂高呼"自由"。这里所选的八篇诗，我们不应当将它们彼此孤立起来，而必须看为一个整体。《自由》诚然是其中的重心，可是如果没有其余的几首诗作为对比和衬托，有机地说明《自由》一诗是在什么背景之下产生的，也就不可能深入体会《自由》这首诗的意义。

自由 *

在我的练习本上,
在我的书桌上,树木上,
沙上,雪上,
我写你的名字。

在所有念过的篇页上,
在所有洁白的篇页上,
在石头、鲜血、白纸或焦灰上,
我写你的名字。

在涂金的画像上,
在战士们的武器上,
在君主们的王冠上,
我写你的名字。

*原诗格律整齐,每节五行,前四行每行七音,即七个音缀,最后一行四音,即四个音缀。作为全诗结尾的、最后独立的一行"Liberté",三音,即三个音缀。

在丛林上，沙漠上，

鸟巢上，花枝上，

在我童年的回音上❶，

我写你的名字。

黑夜的奇妙事物上，

白天的洁白面包上，

在和谐配合的四季里，

我写你的名字。

在我所见的几片蓝天上❷，

阳光照着的发霉的水池上，

月光照着的活泼的湖面上，

我写你的名字。

在田野间，在地平线上，

❶ 童年已邈，而在成人的生活中，有时还多少留下一点余痕，好似遥远的回音。
❷ 法国十九世纪诗人兰波（1854—1891）有两句诗：
　　人们看见小小的一片深蓝的天空，
　　小小的树枝作为框子。
艾吕雅这句诗是以此为出处的。

在飞鸟的羽翼上，

在旋转的黑影上，

我写你的名字。

在黎明的阵阵气息上，

在大海上，在船舶上，

在狂风暴雨的山上，

我写你的名字。

在云的泡沫上，

在雷雨的汗水上，

在浓厚而乏味的雨点上，

我写你的名字。

在闪闪烁烁的各种形体上，

在各种颜色的钟上，

在物质的真理上，

---

❶ 钟声（钟磬之声）清、浊、徐、疾，各有不同，而按象征派诗人的说法，种种不同的音调，代表着种种不同的颜色。比方洪亮之声代表大红，清脆之声代表蓝色。

我写你的名字。

在活泼的羊肠小道上,

在伸展到远方的大路上,

在群众拥挤的广场上,

我写你的名字。

在光亮的灯上,

在熄灭的灯上,

在我的集合起来的房屋上,

我写你的名字。

在我的房间和镜中所照的房间

形成的对切开的两半果子上,

在空贝壳似的我的床上,

我写你的名字。

在我那只温和而馋嘴的狗身上，

在它的竖立的耳朵上，

在它的拙笨的爪子上，

我写你的名字。

在跳板似的我的门上，

在家常的器物上，

在受人欢迎的熊熊的火上，

我写你的名字。

在所有的得到允许的肉体上，

在我朋友们的前额，

在每只伸出来的友谊之手上，

我写你的名字。

在充满惊奇的眼睛上，

在小心翼翼的嘴唇上，

---

❶ 打开大门，冲向十字街头，跃入生活，投入斗争，故以门比作跳板。

VI

冲破了周围的沉寂，

我写你的名字。

在我的被摧毁了的隐身处，

在我的塌倒了的灯塔上，

我的无聊厌倦的墙上，

我写你的名字。

在毫无欲望的别离中，

毫无掩盖的寂寞中，

在死亡的台阶上，

我写你的名字；

在重新恢复的健康上，

在已经消除的危险上，

在没有记忆的希望上，

我写你的名字；

由于一个字的力量，

我重新开始生活；

我活在世上是为了认识你，

为了叫你的名字：

自由。

最后一夜

一

这个小小的、凶狠的世界,

把刀锋指向无罪的人,

从他的嘴里抢走了面包,

把他的房子一把火烧掉,

掠夺他的衣衫和鞋子,

掠夺他的时间和子女。

这小小的、凶狠的世界,

将死人和活人混在一起,

将言语转变为杂音,

洗白了污泥,宽赦了奸细。

幸亏半夜里十二杆枪,

将平静还给了无罪的人[1]。

---

[1] 遭受了不堪的酷刑以后,死亡倒成了解脱。"十二杆枪"是由十二个兵组成的执行死刑的排枪。

该当让群众来埋葬

他的血淋淋的身体和漆黑的天[1]。

该当让群众了解

那些杀人犯的弱点[2]。

二

了不起的事将是轻轻地推一推墙：

推翻了墙就可以抖尽尘灰，

推翻了墙，大家团结起来。

三

他们剥了他双手的皮，打弯了他的背，

在他的脑袋上挖了一个洞，

他就这样受尽了罪，

最后不免一死。

四

美，为幸福的人们所创造的美，

---

[1] "漆黑的天"象征人死了以后，完全失去知觉，失去了脑力活动的作用。
[2] 敌人杀害爱国志士，"无罪的人"，并不表示敌人力量的强大，而是表示敌人害怕。

美，你面临着严重的危机。

这两只交叉在你膝盖上的手

无非是杀人犯的凶器。

这张高声唱歌的嘴，

成了乞丐要饭的破钵。

这杯纯洁的奶

变成卖淫妇的乳房[1]。

五

穷人们在水沟里拾面包，

他们的眼光含着光明，

黑夜里，他们不再害怕。

他们非常荏弱，弱到使自己微笑。

在他们的阴影深处，他们移动身体，

---

[1] 本诗前三段歌唱了爱国志士与侵略者之间的激烈斗争。在这第四段，作者严厉地斥责某些"艺术家"，他们在那样的严重日子里，居然还有心肠"为艺术而艺术"。他们在"唯美"的假面具之下，实际上做了敌人的帮凶。他们无耻地向敌人出卖他们的"艺术"，与职业的乞丐和娼妓没有分别。

除非通过穷困的生活，他们不再相见。

除非用亲密的语言，他们不再开口。

可是我听见他们和缓地、谨慎地说，

说起一个古旧的希望，和手一样伟大❶。

我听见有人在计算

秋天的树叶数不清的广阔，

在静静的海底，波涛如何被铸成。

我听见有人在计算

未来的力量数不清的广阔。

六

我生长在一个丑到可怕的门面背后，

我吃，我笑，我在做梦，我感觉可耻。

我曾这样地过了黑影般的生活，

但我同时歌唱了太阳，

整个的太阳，在人们胸膛里

---

❶ 手虽不大，但是能劳动，能创造。一个希望，初看也许不大，但只要是真正的希望，一定能发展、扩大，一直到成为事实。

呼吸着的太阳，在人们眼睛里，
流泪以后，纯朴地、晶莹地发光的太阳。

七

我们将黑暗束成一捆柴，掷向火焰，
我们打碎非正义的、上了锈的铁锁。
新的人们快来到，他们不再怕自己，
因为人面兽心的敌人正在消失，
因为他们信任所有的人。

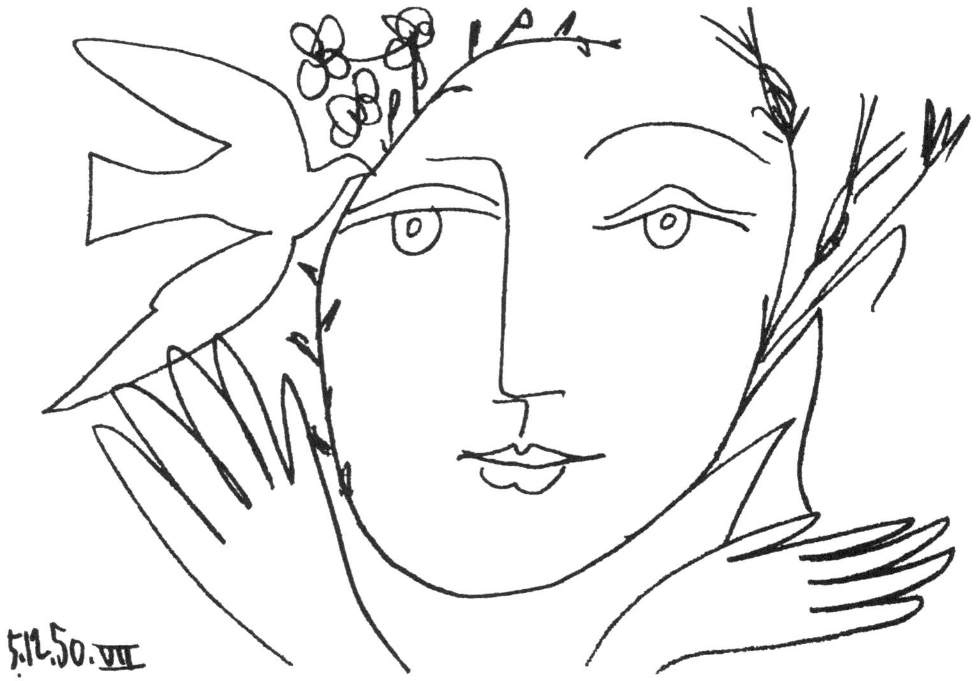
5.12.50. VII

不久*

世上所有的春天，

要算这一个最丑；

我的一切生活方式中，

有信心的方式最好。

春草掀起了冬雪，

好比掀开了墓石；

我在暴风雨里睡觉，

睡醒来眼睛特别亮。

缓慢的、小小的一段光阴正在结束；

这其间，凡是路都得通过

我所知道的最隐秘的角落，

为的是使我可以遇见某一个人。

---

* 原作大体上是八音诗（每行八个音缀），有时插入七音的诗行（每行七个音缀），格律不很整齐。

我听不见恶魔们说话；

我认识它们，它们什么都已说过。

我所见的只是一些美好的面目，

对于自己有把握的、善良的面目。

他们有把握，不久就要让统治者垮台。

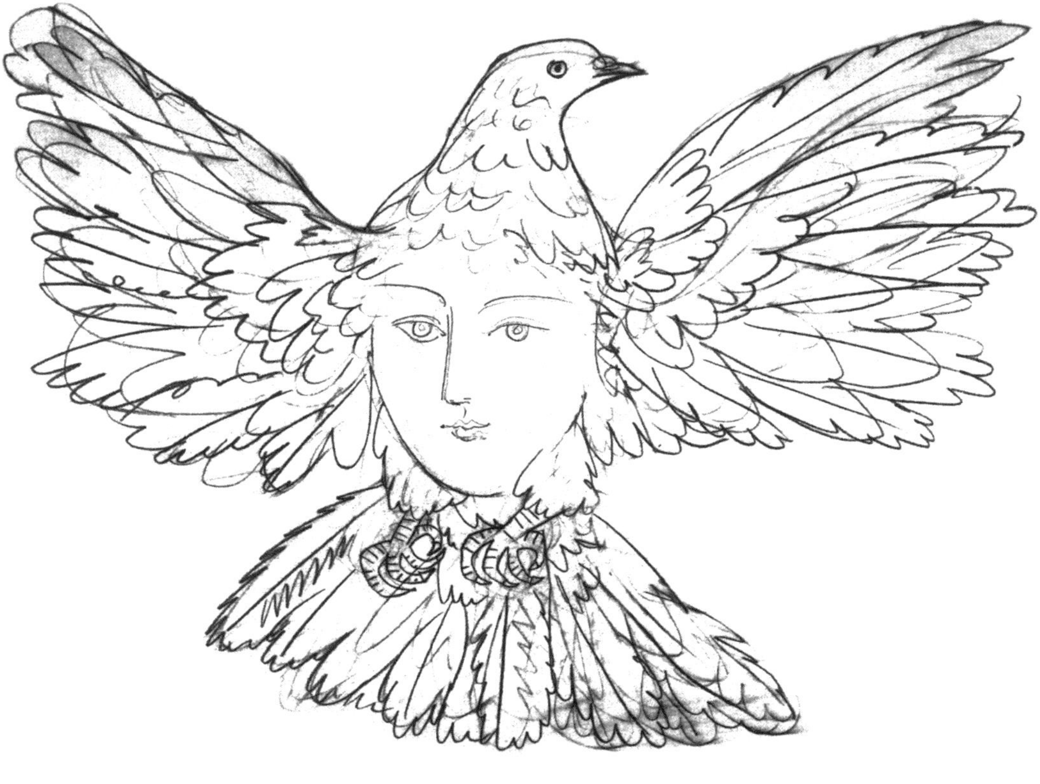

宵禁*

门口有人把守着,你说怎么办?

我们被人禁闭着,你说怎么办?

街上交通断绝了,你说怎么办?

城市被人控制着,你说怎么办?

全城居民在挨饿,你说怎么办?

我们手里没武器,你说怎么办?

黑夜已经来到了,你说怎么办?

我们因此相爱了,你说怎么办?

* 原作是很整齐的十音诗(每行十个音缀)。

饥饿训练成的孩子

饥饿训练成的孩子

老是回答：我吃！

你来吗？ 我吃！

你睡吗？ 我吃！

谁信有这样的罪行 *

只用一根绳,一个火把,一个人,

勒死十个人,

焚烧一个村,

污辱了整个人民。

温驯的母猫安顿在生活里,

好比一粒明珠在蚌壳里安顿 ——

谁想到温驯的母猫吞噬了它的小猫!

* 这首诗主要的意思是揭露敌人在伪善的外表之下隐藏狠毒的心。原诗无格律。

狼

白昼使我惊，黑夜叫我怕；
夏天纠缠我，寒冬追逼我。

一只野兽在雪上
放下了爪子；在沙上、污泥里，
它的爪子来自比我的脚步更远的地方；
沿着一条途径，
死亡留着生命的印痕。

从里面 *

风发出第一声号令,

雨把白昼包得紧。

在这打头的信号下,

我们要睁开白帆似的眼睛。

一所孤独的房子前面,

在温和的墙边,

沉睡的花房中间,

我们凝视着朦胧的灯火。

外面,大地在自暴自弃,

外面,死亡的巢穴

滑倒、崩坍在烂泥里。

一朵受伤的玫瑰变成了蓝色。

* 这一首诗和前面那一首《狼》,比《诗与真理》(一九四二)中其他任何一篇作品,更充分地表现了敌人占领下的法国,是如何被恐怖与阴惨的空气笼罩着。原作是整齐的八音诗(每行八个音缀)。

和德国人会面

（一九四二年至一九四四年）

诗集《和德国人会面》发表于一九四四年。兹据巴黎午夜出版社一九四六年再版增订本选译三十余首中之十首。这些诗均写于并且陆续发表于一九四二年至一九四四年间，正当第二次世界大战，纳粹德国的侵略部队占领法国的时候。这是一些用血写成的诗，因为这儿所歌唱的全是血的事实——侵略者的残暴，爱国志士们前仆后继的地下抵抗。作者自己也直接参加了这一战斗。

布告*

他被敌人杀害的前夜
是他生平最短的一夜。
一想起自己还没有死,
他觉得热血焚烧手腕,
全身的重量使他恶心,
全身的力气使他呻吟;
就在这可憎可怖的深渊里
他开始微笑。因为他知道
并非只有"一个"同志,
而有几百万、几千万同志,
将要起来替他报仇。
于是红日为他东升。

---

*一九四〇年至一九四四年间,纳粹匪徒占领法国,以法共为首的法国爱国志士们展开了激烈的地下抵抗。在巴黎,墙上时常贴有占领者的"布告"。不是宣布"人质"的名单,就是对法共以及一般爱国分子肆行恫吓和威胁。针对敌人的"布告",亲身参加地下抵抗的艾吕雅写了这首小诗。这首诗的真正题目应当是"反布告",因为它以志士们不惜牺牲生命与敌人做殊死斗争的决心,来答复了纳粹强盗的"布告"。原作是整齐的八音诗(每行八个音缀),无韵。

Paris a froid Paris a faim
Paris ne mange plus de marrons dans la rue
Paris a mis de vieux vêtements de vieille

Paul Éluard

勇气[*]

巴黎在挨冻，巴黎在挨饿，

巴黎街上没有烤栗子吃了，

巴黎穿上了老太婆的老衣裳，

巴黎在缺空气的地道车洞里站着睡觉，

穷人们受的罪更不少。

不幸的巴黎，

你的贤明和热狂

是纯洁的空气，是火，

是那些饿肚子的劳动者的

善良的心，优美的态度。

别喊救命，巴黎，

你充满着无比的生命，

你一双眼睛透露充分的人性，

隐藏在你赤裸裸的、

[*] 在纳粹占领的年月里，巴黎沉浸在无比的苦难中。但是苦难压不倒巴黎，巴黎始终是坚忍、沉着的。并且在坚忍沉着的外表之下，向敌人展开无情的地下斗争。显然，这首诗不是痛苦的呻吟，而是战斗的号召。原作无格律。

苍白、瘦削的外貌后面的人性。

巴黎，我的美丽的城市，

你纤细像根针，强硬像把剑，

博学，天真，

你不能忍受冤屈，

对于你，这是唯一的纷扰。

巴黎，你一定能得到解放。

巴黎颤动着像一颗星：

我们仍然活着的希望，

你将要从疲乏和污泥中被解救出来。

兄弟们，鼓起勇气来！

我们既不戴盔，

也不穿靴，不戴手套，不是"顶有教养"❶，

我们的血管里亮起一道光，

我们的光明回到我们这一方。

我们之中优秀的已经为我们牺牲，

现在他们的血已经流到我们心中。

---

❶ "顶有教养"，引号为译者所加，因为这是反话。

这又是一个早晨，一个巴黎的早晨，

解放的出发点，

新生的春天的好时光，

愚蠢的武力抬不起头来。

这些奴隶 —— 我们的敌人，

如果他们已经明白，

如果他们能够明白，

他们也快要起来[1]。

一九四二

[1] 占领军队伍中有许多德国劳动人民的子弟，受了纳粹匪徒的蒙蔽、诱惑、胁迫而参加战争。他们也是纳粹的牺牲品。如果他们醒悟过来，应当和法国人民站在一起，反对纳粹。

又愚蠢又恶劣 *

有的从里边来[1],

有的从外面来[2],

这是我们的敌人。

他们从天上掉下来,

他们从地下钻出来,

从近处，从远方,

从右边，从左旁,

穿着绿制服,

穿着灰制服[3],

上衣那么短,

大衣又那么长,

歪挂着十字架[4],

扛着长长的枪,

带着短短的刀;

---

* 原作是整齐的五音诗（每行五个音缀）。

[1] 指第五纵队。
[2] 指侵略军。
[3] 纳粹军队穿灰绿色制服。
[4] 指纳粹的卐字徽。

他们因为有奸细而骄傲,

有一群刽子手而威风,

可是心里很愁闷。

全副武装到地上[1],

全副武装到地底[2],

互相敬礼,站得笔直,

见了他们的敌人[3],

也吓得僵挺而笔直。

肚子里灌满了啤酒,

脑袋装满了月亮[4]。

他们用沉重的声音

唱着皮靴之歌,

被人爱戴的快乐,

他们早已忘光。

他们说:"是!"

一切向他们回答:"不!"

听他们说话,满嘴黄金[5],

---

[1] 从头武装到脚。
[2] 带了武装进坟墓。
[3] 指纳粹军官们。
[4] 糊涂、荒唐的思想。
[5] 说得好听,动人。

一切变成铅似的灰暗。

可是在他们背后,

一切变成黄金的光明,

一切使人恢复青春。

让他们滚吧！ 让他们死！

只要他们死，我们就满足。

我们所爱的那些人[1]，

总有一天要逃回来。

到了新的世界，

端正的世界的

光荣的清晨，

我们一定要照顾他们。

---

[1] 指被囚在德国的法国俘虏。

杀*

这一夜,在巴黎城上,

落下一片古怪的沉静。

这是瞎了眼睛的沉静,

是黯淡无色、

墙上乱碰的幻梦的沉静,

是束手无策、

低头认输的沉静,

多少人都不在了的沉静,

死去了的、苍白冰冷、

没有眼泪的妇女的沉静。

这一夜,四下无声,

一道古怪的光,

落在巴黎城上,

---

* 纳粹铁蹄践踏下的巴黎,好像很沉静地在度过她的夜晚。但这只是表面的沉静。在夜的黑影中,地下抵抗的勇士们,手执武器,埋伏在纳粹士兵和军官们出入的路口、门边、墙角,正在狙击敌人。诗中所谓"罪行",是句反话,因为这种杀敌的壮举,正是敌人口中的所谓"罪行",引号为译者所加。原诗无固定格律。

落在巴黎的善良而古老的心上。

这是预谋的、粗野的,

然而纯洁的、"罪行"的光,

是反抗刽子手、反抗死亡的

那"罪行"所发的沉暗的光。

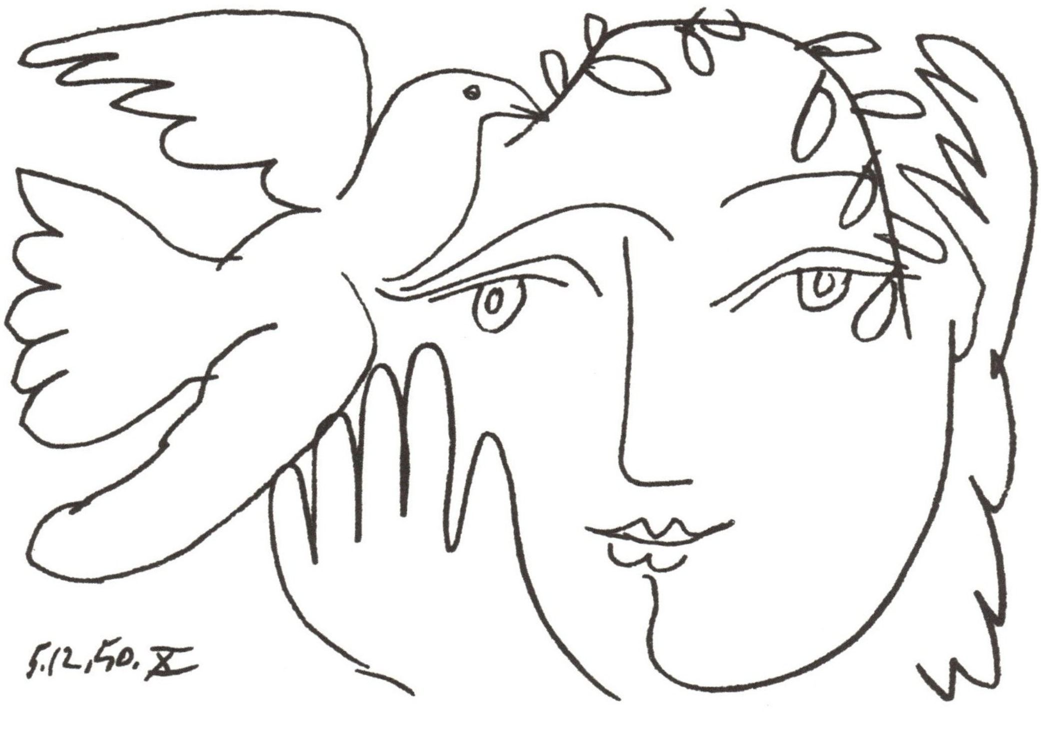
5.12.50. X

写给他们梦中的妇女 *

九十万战俘,

五十万政治犯,

一百万劳工❶。

主宰他们睡梦的妇女,

给他们男子汉的力量吧,

给他们活在人间的幸福;

在无边的阴影里,给他们

充满甜蜜的爱的嘴唇,

使他们忘记痛苦。

主宰他们睡梦的妇女,

少女,妇人,姊妹,母亲,

乳房鼓胀着爱情,

---

* 这首诗原文格律比较完整,通篇七音诗(每行七个音缀),间或叶韵,但皆出乎自然,毫不强求。

❶ 一九四〇年法国溃败以后,被德国囚禁的法国战俘有九十余万人,此外,共产党人与一般爱国志士被德寇囚禁者约五十万人之多。最后,以贝当为首的维希卖国政府,想以釜底抽薪之计,扼死法国爱国志士们的地下抵抗活动,掳掠百万壮丁,押送到德国去做苦工。

请将我们的祖国给他们,

他们所永远热爱的祖国,

在那里大家都热爱生命。

在这国度里美酒在唱歌,

秋收的庄稼有慷慨的心;

这儿的孩子们全很调皮,

老年人全很精明,

比开满白花的果树还精明,

这儿人们可以跟妇女们谈话。

九十万战俘,

五十万政治犯,

一百万劳工。

主宰他们睡梦的妇女,

黑色的雪花飘在白色的夜里[1]。

---

[1] 以雪象征妇女的纯洁;但因她们所爱的丈夫、兄弟或儿子,被囚在德国,她们在哀伤之中,披着黑色的丧服。"白色的夜"在法文俗语中即指失眠之夜。被囚禁的男子们在他们的失眠的长夜里,仿佛看见他们念念不忘的妇女,披着黑衣出现在眼前。

Cannet 20.9.53.

穿过惨白无色的火花,

神圣的曙光拄着白色的拐杖,

在他们的木板囚舍外面,

给他们指出新的道路。

他们的职务就是认识

最凶恶的恶势力,

可是他们坚持不屈,

他们满身都是创痕,

有多少创痕标志着多少品德,

他们必须从死亡手里夺回自己的生命。

主宰他们的睡眠的妇女,

主宰他们的醒觉的妇女,

给他们自由吧!

可是把耻辱留下给我们。

我们可耻,因为我们想到了耻辱,

即使为了消灭它。

合乎人的尺寸 *

纪念法比昂上校。并呈洛仑·加沙诺瓦，

他对我仔细地谈起了逝者。

他们杀了一个人，

一个人，一个早先的孩子。

壮丽的江山做背景，

一摊鲜血

像落山的太阳。

这个人周围有妇女、儿童，

围绕着他，像光荣的王冠；

这是整个的人的理想，

为了我们的永恒。

他倒下了，

---

* 这首诗是以真人真事作为基础的。关于法比昂上校，作者自己给我们写了下列的介绍："法比昂十七岁就参加西班牙国际纵队。一直战斗到腹部受重伤，他才离开西班牙。过后他担任巴黎市区共青组织的书记。法国被占领的头几个月，法比昂就回到战斗岗位上。他到处发出抗敌的信号。直到一九四一年底，他组织了百分之八十的地下抵抗活动。

"他是所有'战斗小队'的总参谋长，在战斗中他被一颗子弹打中头部，从这边穿到那边。伤刚刚养好，他被捕了，并且遭受酷刑。他终于逃了出来。巴黎起义，他率领八辆战车，肃清建立在卢森堡公园的敌人的孤立据点。接着，他奔往阿登高地前线，参加战争。一段十二公里长的火线，需要他守卫。就在那儿，他战死了。

"一九四二年，法比昂的父亲被敌人杀害，他的妻子被捕后，押送到纳粹的奥斯维辛集中营。他遗下五个孤儿。"

译者按：法比昂和他父亲均为法国工人。这首诗原作并无固定格律。

他的心空了，

他的眼睛空了，

他的脑袋空了，

两只手摊开了，

一声也不哼……

因为他相信

大家会得到幸福；

因为他曾经用各种调子，

来回反复地说"我爱你"，

对他的母亲，他的守护者说，

对他的同伙，他的女盟友说[1]，

对生命说。

接着，他走向战斗，

为了反对残害自家人的那些刽子手，

为了反对敌人的念头。

即使在最倒霉的日子里，

他也珍惜他的苦难。

---

[1] 意谓忠诚的妻子。

他的天性热爱生命,

尊敬生命;

他的天性就是我的天性。

只要一股勇敢的劲儿上来,

只要人民的伟大显出来,

"我爱你"的结局就很剧烈。

可是,这句话肯定了生命。

"我爱你",当时是指西班牙,

为了争取阳光而战斗的西班牙。

"我爱你",目前指的是巴黎市区,

以及那儿的天真烂漫的道路,

那儿的和气、讨喜的儿童,

以及为了反对罪恶的兵士[1],

为了反对令人恶心的死亡,

所发起的一次袭击。

这是第一道光明,

---

[1] 指纳粹部队。

它照亮了不幸的人们的黑夜。

永远是第一的光明,

永远是完美的光明,

作为联系的光明,

光明的外圈越来越灵动,

越远大,越活跃,

从种子到花,从果实到种子,

于是"我爱你"得到美好的结局,

为了明日的人们。

加勃里埃·佩里 *

有一个人死了；他没有别的防御，

除了一双伸向生命、欢迎生命的手臂。

有一个人死了；他没有旁的道路，

只有那条憎恨战争、憎恨侵略的道路。

有一个人死了，可是他继续斗争着[1]，

　　为了反抗死亡，反抗遗忘。

　　　　因为他的一切愿望

　　　过去是我们的愿望，

　　今天仍是我们的愿望。

但愿幸福成为光明，闪耀在

人们眼睛的深处，心的深处，

　　　　成为人间的正义。

---

* 这篇朴素而真挚的悼歌，用非常诚恳、自然与平易的笔调，歌颂了伟大。它无疑是艾吕雅的佳作之一。加勃里埃·佩里（1902—1941）是优秀的法国共产党党员。生前曾任教师，法国众议院议员，众议院外交委员会副主席，《人道报》国际新闻栏主编。一九四一年十二月十五日，被占领法国的纳粹强盗们所枪杀。佩里的绝命书已经成了法共同志们和一切法国的爱国人士所尊敬、珍爱和永志不忘的纪念碑式的文献："但愿我的朋友们知道我是始终忠于我生平的理想的；但愿我的同胞们知道我为了法国的永存而赴死。我做了最后一次的内心检查，结果是肯定的。这一点我愿意大家都知道。假如我能重新开始我的生命的话，我还是要走同样的路。今夜，我几次地想起亲爱的保尔·瓦扬-古久里那句理由充分的话，就是说共产主义是世界的青春，共产主义在准备一个充满歌声的明天……"这首诗原作无格律。

[1] 意思说，他虽然牺牲了，他的斗争被同志们继续着。

有一些词，它们使人能够生活，

那是一些纯洁、天真的词。

比方"热"，比方"信任"，

"爱"，"正义"和"自由"，

比方"儿童"，比方"和善"，

比方某些花的名字，果子的名字。

比方"勇敢"这个词，"发现"这个词，

"兄弟"这个词，"同志"这个词。

再像某些地名，某些乡村的名字，

某些妇女的名字，某些朋友的名字。

在这些名字中，让我们加上"佩里"。

佩里牺牲了，为的是使我们活下去。

让我们亲密地称呼他，他的胸部洞穿了[1]。

可是全仗他，我们彼此增加了认识；

亲密地互相称呼吧，他的希望没有死。

---

[1] "亲密地称呼他"，原文直译应当是：用"你"称呼他。意思说，不用"您"。佩里牺牲于敌人的枪弹之下，所以说"他的胸部洞穿了"。

战斗中的爱 *

一棵小花要出土,
咚咚敲着大地的门。
一个孩子要出世,
咚咚敲着母亲的门。
这是雨水和太阳,
跟着孩子一起生,
跟着小花一起长,
跟着孩子一起开花。

我听到说理和欢笑。

要让孩子吃多少苦,
有人心里先有了数。
干这许多可耻的事,他们偏不呕吐,

* 原诗共七首,兹录其一。主要写生命的力量和摧残生命的恶势力的斗争。原诗无格律。

让人流这许多眼泪,他们偏偏不死!

脚步声走进了大门洞,

黑暗、麻木、可憎可恶的大门洞;

有人来挖掘小花,

有人来糟蹋孩子,

用了贫困,用了厌倦。

正当八月天 *

正当八月天，一个色调柔和的星期一傍晚，

一个星期一的傍晚，云高天晴，

巴黎像一个新下的鸡蛋似的清新。

正当八月天，我们这儿竖起防御工事，

巴黎勇敢地露出她的眼睛，

巴黎勇敢地高喊胜利，

一个星期一的傍晚，正当八月天。

既然大家全懂得了光明，

这晚上，天怎么还能黑？

既然希望从街巷的铺石上涌现，

从人们额上，从高举的拳头上涌现[1]。

我们要把希望，

我们要把生命，

* 一九四四年八月十九日至二十四日，巴黎市民起义，响应在诺曼底登陆的盟军，驱逐纳粹，得获光复。这首诗很好地表现了当时起义者的心情。原诗无格律。

[1] 法共同志互相敬礼时，高举着拳头。

一定要那些丧失了希望的奴隶接受。

正当八月天,我们不去想冬季,
就像忘记侵略者的"礼貌"一样,
他们向穷困,向死亡致深深的敬礼,
我们忘记冬季,就像忘记耻辱。
正当八月天,我们得节省弹药[1],
我们有理由这样做,理由就是我们的仇恨。
这是无足轻重的间断,万不可缺的间断[2]。

多么高兴,我们还活着!一想起兄弟们
为了我们的自由而牺牲,又多么沉痛!
自己要活,使别人也活,是我们大家的心愿。
夜[3]已经来临,那是我们所梦想的明镜。
夜已经过了一半,半夜是夜的光荣点。
今天,我们大家在一起就快战胜黑暗[4],
一想起来使人感觉幸福,也使人哀痛。

一九四四

---

[1] 巴黎起义的市民为了等待盟军大队来到,里应外合,所以需要适当地节省弹药。
[2] 这行诗原作意义不易明确了解。大致说为节省弹药,起义部队向敌人的攻打不得不暂时间断一下,以待与外援会合,做最后的、决定性的攻击。
[3] 这儿所说的"夜"是指解放的前夜。
[4] 这一行原诗直译应当是"今天,我们大家在一起已经置黑暗于危险的境地"。艾吕雅写这首诗的时候,巴黎尚未完全为起义的市民(主要是法共领导的游击队)所掌握,残敌(纳粹)尚在负隅顽抗;但是敌人已处于绝境,肃清只是时间问题。而那一夜,无论如何都是巴黎光复的前夜,这一点在当时已是毫无疑义。

5.12.50.XIV

关于这次胜利 *

我们所收复的城，

是一些奇怪的城。

我们所战胜的兵士，

是一些奇怪的兵士。

这些人跟我们一样都是人，

而他们却和别人过不去。

他们曾经要把我们这苦难的世界

紧紧地封锁起来。

我们已经瞧够了

他们和他们的"威严"[1]，

他们的粗壮和愚蠢，

以及他们的凶险。

* 原诗是整齐的六音诗（每行六个音缀），无韵。

[1] 引号为译者所加。这里所谓"威严"是含有讽刺意义的。真正的意思就是说敌人的横暴。

那些头子们戴着黑暗的王冠,

他们什么也不明白,

他们只会讪笑被他们残害的人,

其实这些被害者比他们力量强。

他们自以为是人,

好比一个发疯的孩子,

可能自以为是孩子;

这些死者[1]早知道活不了。

这些死者早就要求死亡,

这些死者早就要求坟墓。

他们倒退着行走,

拍合死亡的脚步,

一边反对广大的群众,

---

[1] "死者"指第二次世界大战中被消灭的法西斯匪徒。

反对古老的希望,

这希望将使我们

从仇恨中永远得到解放。

一九四五年五月

政治诗集

（一九四八年）

《政治诗集》出版于一九四八年，阿拉贡序。这是一册薄薄的五十余页诗集，可是作者用沉重的心情、严肃的格调写下这些诗。艾吕雅失去了十七年来过着和谐的共同生活的妻子，透过逝者的音容，克制着深沉的哀痛，更真诚深刻地肯定他的新生："从个人的地平线到大众的地平线"（《政治诗集》第一部分的标题），和阶级弟兄们携起手来，为了大家的幸福的将来做斗争。

歌唱爱的力量*

在我所有的忧虑中，在死亡和我，
　以及绝望和生命的理由之间，
　　存在着所不能接受的人间的
　不平，人间的不幸和我的愤怒。

有西班牙血一般红的"莽原"[1]，
　有希腊天一般青的"莽原"；
把面包、鲜血、天空与希望的权利，
　给所有憎恨罪恶的清白的人们。

　　光明总是那么容易熄灭，
　　生活总是容易变成粪土；
　可是春天再生了，不会完结，
嫩芽从黑暗中迸发，天已经热定。

---

* 悼亡之作。女须，艾吕雅的爱人，在第二次世界大战期间和一般法国人民一样，受尽了折磨；停战后一年多（一九四六年），就病逝了。女须在一九四二年和艾吕雅一同参加了共产党，她对于美好的将来的梦，遗留给艾吕雅，成了一种力量，积极的力量，"爱的力量"。原作为整齐的十二音诗（每行十二个音缀），无韵。

---

[1] "莽原"，为第二次世界大战时法国抗敌游击队隐伏之处。因而泛指一切反帝、反法西斯的人民游击武装。"莽原"一词，本为地中海科西嘉岛上，草木丛密的山谷与旷野的专称。那些地方，往往出没着与统治者们的"法律"为敌的、挺身而出的汉子。

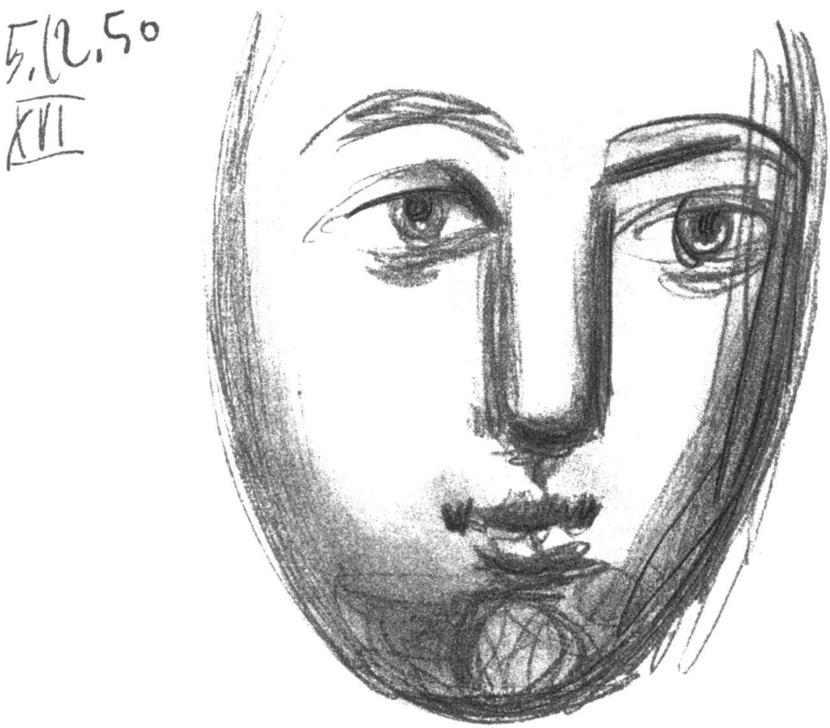
5.12.50
XVI

而且热天一定战胜自私者，

他们虚弱的官能没法抵抗；

我听见火说话，同时温暖地笑，

我听见一个人在说，他没有受痛苦❶。

你，曾经是我的肉体的良心；

你，创造了我；你，我永远的爱；

你当年不能忍受压迫与侮辱；

你歌唱，一边梦想着人间的幸福。

你梦想了自由，让我做你的后继。

一九四七年四月十三日

---

❶ 好比一个好强的孩子，强忍着眼泪说他"不哭"，在丧偶的深沉的哀痛中，艾吕雅自己鼓励着自己，竭力克服悲哀的消极作用。

希望的姊妹们

希望的姊妹们，哦，勇敢的妇女，

为了反抗死亡，你们订立了公约：

具有爱的优秀品质的人们，团结起来。

哦，死里逃生的姊妹们，

你们冒着生命的危险，

为了让一般的生命最后胜利。

不久就有那么一天，哦，伟大的姊妹们，

那时我们要嘲笑"战争""穷困"这类词；

过去使我们痛苦的一切，一点儿也不让残留。

每一张面孔都要得到应得的抚慰。

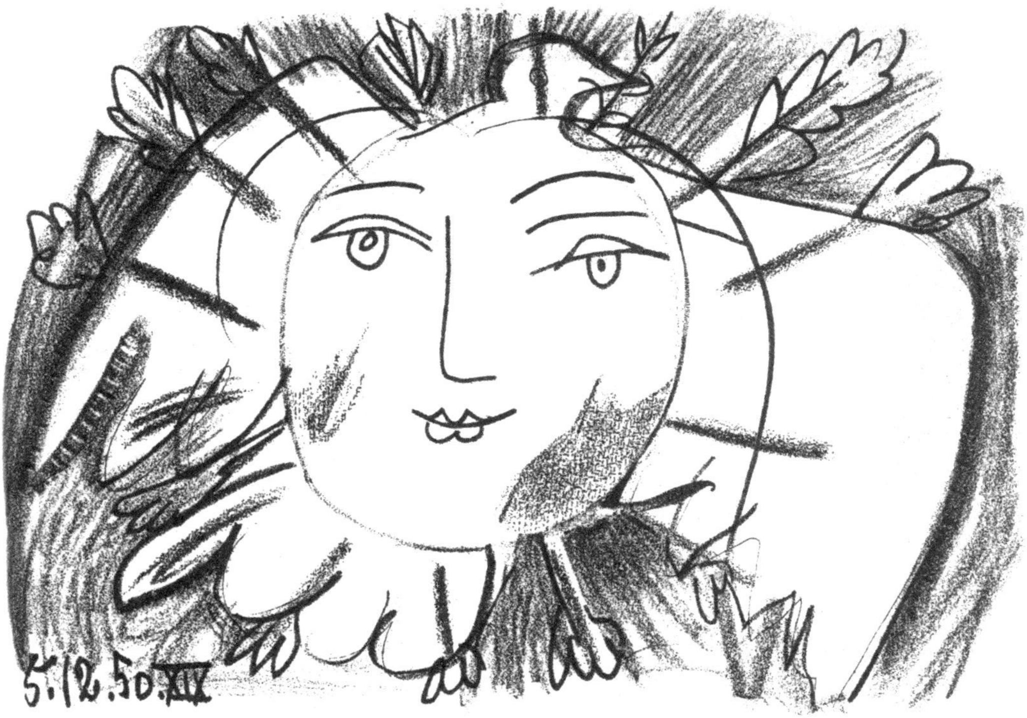
5.12.50.XIV

纪念保尔·瓦扬-古久里 *

我住在夏拜尔区❶,

我们小组的刊物名叫

"街上的朋友们对你讲话"。

它不是卖的,是给大家分送的,

我们只需花费一点儿时间。

我的心和"街上的朋友们"在一起。

他们跟我谈,他们鼓励我

做一个街道上的人❷。

由于友好,由于愿意团结有力量,

一个人可以成为千万人。

在我们街上,过路人有同样的心事:

全希望少受些不幸,他们都爱

---

* 关于保尔·瓦扬-古久里(1892—1937),法国著名作家、艺术批评家,《人道报》总编辑。原诗无格律。

❶ 巴黎市内区域之一。
❷ "街道上的人"意谓普通的老百姓。

同样的事物，我的心和他们在一起，
我的心整个在他们清白的心中；
我知道这些，我替他们发言。

他们也替我说话；我们说同样的话。
我们这条街通向别的街，别的人，
别的时代，也通向你的时代，
保尔·瓦扬-古久里，你生前像我们；
对我们，你宣誓；对你，我们也宣誓：

必须有一天使生活更美好。

今天 *

面包铺并不是用白面包砌成的[1]，
街道上也照不着足够的阳光。
最小的咖啡店
很少能让人喝个大醉[2]；
他们待人很不和气，
虽然赚钱很多，可是态度坏。

灰色的街道，黯淡的面包铺，冷清的咖啡店。
辛酸的嘴，愁眉不展的脸，
三个行人，匆匆忙忙回寓所。
什么寓所，我闯进去看过，
我知道那是黑洞洞、阴森森的——
我们的住处可真是太不像话。

---

*《今天》初次发表于一九四八年二月十二日的《法兰西文学周报》。那时，法国从纳粹的铁蹄下解放出来已经三年有余，但是人民的生活不但丝毫没有好转，而且更甚的贫困和新的灾祸在等待他们。因为第二次世界大战一结束，围绕在戴高乐左右的一群法国资产阶级的代理人，一群反动的政客，篡夺了政权，将法国出卖给美国，做了"马歇尔计划"的牺牲品。《今天》用一条街道的"灰色"，来象征当时全法国人民生活的不幸，表达人民的愤懑。原诗无格律。

---

[1] 战时面包铺没有白面包，只有灰黑色的面包，到了一九四八年，还是如此。
[2] 咖啡店不肯将好酒沽给座客，以便高价卖给黑市，不是很有钱的人很少有机会开怀畅饮。

灰色的街，这儿的道德像喝一杯卤水，

在我们这条街上，幸福没有立脚的地方，

灰色的街 —— 有病的臂膀上一条灰色的脉管。

在街上，人们尽可能少吃、少喝、少走动，

大家在烟灰底下，在生活的厌倦中生活。

尘雾的街，概念的街，空无一物的概念；

街上却时常有卡车轧死骑车的，轧死小孩❶。

这是一件大事，在街上看见鲜血，

看见在泥泞中一个活人如何变化⋯⋯

看他在枯萎之前，如何发青！

太阳。我没有被晒的危险，我无非提到它而已。

随便提起，算不了什么：水、煤气、电⋯⋯

如果吃个饱，那就更光辉了。

至于皮肤晒成健康的棕色，想吃什么有什么，

我连提都没有提。

❶ 美国驻军的军用卡车随便轧死人，已成了法国当前进步文学作品中常常出现的题材之一。

居然还曾经有人唱"光荣的上帝",

有人赤裸裸地相爱,不着边际。

享受的生活还有什么诗意作屏障?

让我们打倒这屏障!

让我们在这不堪的世界上先站住脚,

在那儿,大家老是借别人的嘴微笑。

疲倦使我们变成蓝色❶,可不是天蓝。

五月给我们些布施,

白丁香和铃兰都给我们些布施。

可是我们的女人也变成了蓝色,

虽然她很热情地爱我们 ——

爱也要爱得聪明。

我们曾经在泉边,现在大海也不远❷。

我知道 —— 但愿大家全知道,罪已经受够,

---

❶ "变成蓝色"是一句意义双关的口语,它的含义可以有:消失,不值一提等。
❷ "我们曾经在泉边",指第二次世界大战时期法国人民地下抵抗运动的胜利;"现在大海也不远"暗示人民民主力量最后的胜利,也绝不是很遥远的事。

我们不愿意再挨冻，

无论冻在骨头里，冻在思想里。

旗帜鲜明地反抗祸患！用了幸福反抗横暴！

什么全永存，什么也不永存，我们是我们。

我们一定连根拔起这条无用的街道，

把它掷到统治者们的神庙里，

让它在那儿神志不清地死亡。

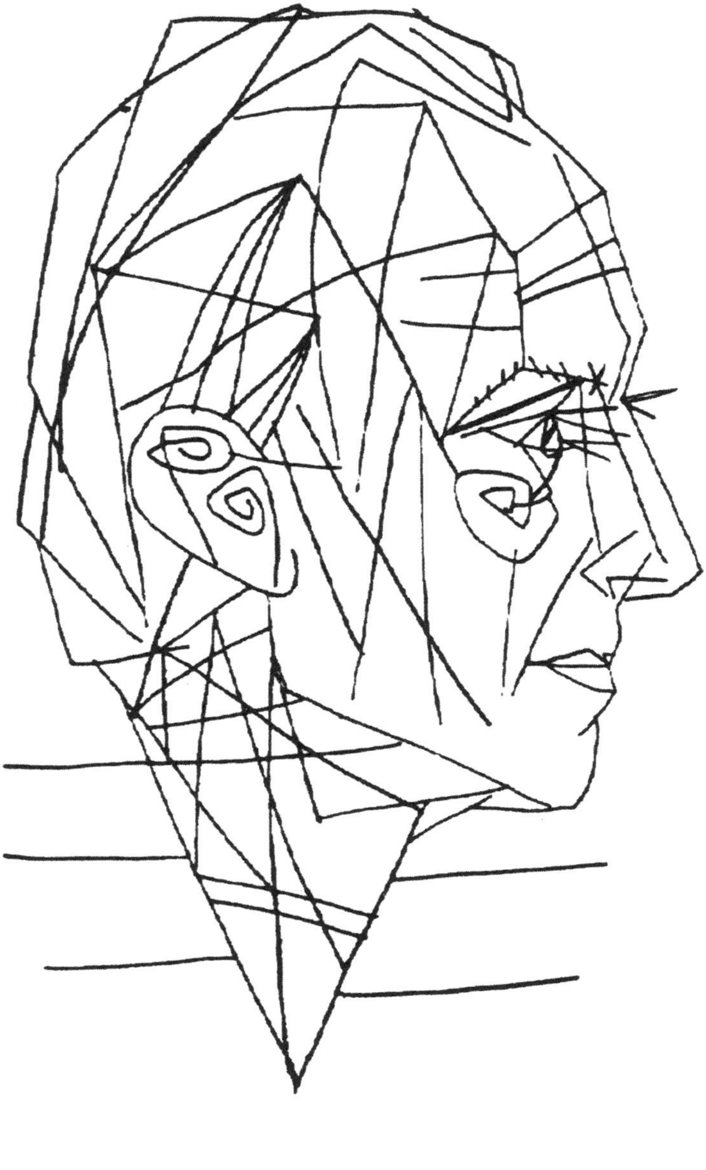

诗应当以实践的真理作为目的 *

给我的苛刻的朋友们 ❶

如果我告诉你太阳照在树林里
活像一个横陈在床上的肚子,
你信我,你赞同我的一切愿望。

如果我告诉你下雨天清脆的叮咚
老是响彻在爱情的慵懒心情中,
你信我,你会延长爱情的时间。

如果我告诉你,我的床架子上边
一只鸟儿在做窝,它永远不说是,
你信我,你分担我的不安的情绪。

* 原作是整齐的十二音诗(每行十二个音缀)。

❶ 所谓"苛刻的朋友们",他们单纯地欣赏转变以前、开始进步以前的艾吕雅,超现实主义的艾吕雅,而对于转变了态度以后的进步的艾吕雅,爱国诗人、和平战士的艾吕雅,则加以否定和打击。本诗前四节是反面文章:诗人对于自己早期的唯心的、形式主义的诗句加以讽刺,同时也嘲笑了专门欣赏这一套把戏的"苛刻的朋友们"。

如果我告诉你在一湾泉水深处，
转动着河流的钥匙，半开了绿野，
你就更加相信我，你明白吗？

可是，假若我直截地歌唱整条街，
整个祖国，好比走不完的一条街，
你就不信了，你宁愿走向沙漠。

因为你随意乱走，不知道大家伙儿
需要团结，需要希望和斗争，
为了解释世界，改造世界。

我的心跨一步就把你一齐拖向前。
我没劲，活了半辈子，可仍要活下去；
怪得很，我说话还在讨你欢喜！

其实呢，我愿意解放你，把你和那些

创造光明的兄弟们混合在一起,

正如跟黎明的水藻和芦苇相混合。

希腊在先 *

给玛尔可斯将军❶

希腊的人民并不那么好对付，
谁向他开火，谁就助成他胜利。
希腊的平常老百姓狂热地爱好
自由、理智以及自己的力量。

按照人类的伟大，他们用了手
来反对拳头，用了脚反对利爪，
反对战争他们靠正义 —— 这母亲；
实际的需要训练了、教导了他们。

希腊那地方没有水沟给老鼠住，
瘟疫在希腊找不到一定的坟墓。

---

* 原诗为整齐的十二音诗（每行十二个音缀），无韵。

❶ 玛尔可斯将军，希腊人民民主武装的领袖，一九四七年曾经组织"自由希腊政府"。

活着不可怕,死亡也不算黑暗;
为自己权利而战斗使黑夜不久长。

在这大地的高峰,光明的中心,
全体人民向解除了战争威胁的和平
大大地开门,在门口,野蛮人
送了命;他们的血在那儿让风吹干;

风从海上来,海是友爱的花。

在西班牙 *

要是在西班牙有一棵血染的树,
　　　　那就是自由之树。

要是在西班牙有一张饶舌的嘴,
　　　　这张嘴所说的是自由。

要是在西班牙有一杯纯洁的酒,
　　　　喝酒的一定是人民。

* 原作是十二音(每行十二个音缀)与八音(每行八个音缀)的交错:一行长,一行短。

西班牙 *

世界上最美丽的眼睛
已开始把歌儿唱起来：
说它们❶要看得更远些，
远远超过监狱的围墙，
也要比忧伤里哭肿的
眼皮儿看得远又远。

囚笼上那些铁栅栏
也在歌唱着自由；
那支调儿传得远，
人间的道路全走遍，
哪怕你太阳照得狠，
哪怕猛太阳和雷雨天。

* 原诗是形式比较整齐的六音诗，即每行六个音缀，无韵。

❶ "它们"，指眼睛。

失去的生活又找到，

生活里有黑夜和白天；

被放逐、被囚禁的人们，

你们在阴暗中培养着

火焰；火焰怀抱着

曙光、凉风和露水——

胜利

和胜利的愉快。

年年"五一" *

就仿佛我们是一株树上的树叶,
我们被闷热的大风扫集在一起。
穷困等于黑夜,战争是洪水,
别人给我们的明镜只剩了铅块。

并非昨天而是向来如此:
他们盼我们灭亡;可是每次接吻,
就像到了春天,我们重获青春。
我们在未来远景中汲取光明。

我们的统治者已经被半塌的天所标志,
我们呢,力量是坦白的、一致的、新生的,
我们所有的人,从明天直到永远,
在世上所知道的将只有幸福的分量,

嫩芽和果子的轻快温和的分量。

原作是整齐的十二音诗(每行十二个音缀),无韵。

希腊,我的理智的玫瑰

(一九四九年)

在一九四九年发表的《道德教训集》中，有八首歌颂希腊人民革命斗争的诗，总题为《希腊，我的理智的玫瑰》。此处选译了五首。

"理智的玫瑰"，意思就是说理性的美与感性的美具体的结合。诗人热爱希腊劳动人民，同时又敬佩他们的勇敢的革命斗争。这两种感情是分不开的。"理智的玫瑰"是这种敬与爱的感情的象征。第二次世界大战将告结束的时候，希腊人民的民主革命运动已经受到英帝国主义的直接与间接的干涉。稍后，美帝国主义更进一步帮助雅典的反动政府残酷地镇压人民。革命的力量因此遭受严重的损失和暂时的挫折。一九四六年与一九四九年，艾吕雅曾两度访问希腊人民武装 —— 游击队 —— 的根据地。这儿所选译的诗都是基于访问所得的感受而写的。

格拉谟斯山 *

格拉谟斯山有点儿险峻,

可是人们能使它变得平坦。

我们消灭野蛮人,

为了缩短我们的黑夜。

敌人比火药更愚蠢,

我们在这儿,他们不理会。

他们完全不知道人是什么,

也不知道人最显著的权利。

我们的心把石头磨平。

---

* 格拉谟斯山,在希腊北部,与阿尔巴尼亚接壤处是希腊游击队的根据地。原作是八音(每行八个音缀)与七音(每行七个音缀)参差排列,无固定格律。

寡妇们和母亲们的祷告 *

我们全是结过婚的妇女,

我们的眼睛曾经含着说不出的欢笑。

用武器,用鲜血,

把我们从法西斯手里解放出来!

原先我们在摇篮里抚育光明,

我们的乳房涨满奶汁。

让我们拿起枪来,

向法西斯分子开火!

过去我们是源泉和江河,

我们曾经梦想成为汪洋大海。

* 原作是整齐的八音诗(每行八个音级)。

只要给我们一个办法,

不让法西斯分子逃罪。

他们人数比我们的牺牲者少;

我们的牺牲者从来没有杀人。

以前我们无忧无虑地相爱,

除了生活别的什么也不懂。

让我们拿起枪来,

我们情愿为了反抗死亡而死亡!

人迹不到的山中

花和草都不抛弃我；

它们的芬芳随风飘。

小山羊在玩耍 —— 它们年轻；

没有秘密的天空有一点黑 —— 老鹰。

太阳生气勃勃，把脚伸到地球上；

它的光彩使人们面颊上泛起爱的红霞，

人间的光明也舒畅地发扬光大。

伟大的人在不朽的世界中心，

把他的影子画在天边，烈火照在地上。

眼睛太痛苦于所见的一切 *

再也没有比这更美好的面目

这样强烈地怨恨战争的猖狂。

再没有比这美好的黑晶晶的眼睛

这么温和地自己用遮尸布盖上❶。

哀伤将这些眼睛活活地埋葬。

* 原诗是整齐的十音诗（每行十个音缀），二、四、五行叶韵。

❶ 诗中所谓"美好的面目"是希腊人民的面目。希腊人和一般的南欧民族一样，一般都是黑头发、黑眼珠的。由于普通欧洲人的眼珠往往是蓝色、灰色或棕色的，所以法国人认为黑眼珠是美观的。"用遮尸布（亦作：殓布）盖上"，就是说眼光中有悲痛的神气。由于希腊人民在革命斗争中付出了惨重的代价，这首诗所表达的是沉痛的同情。

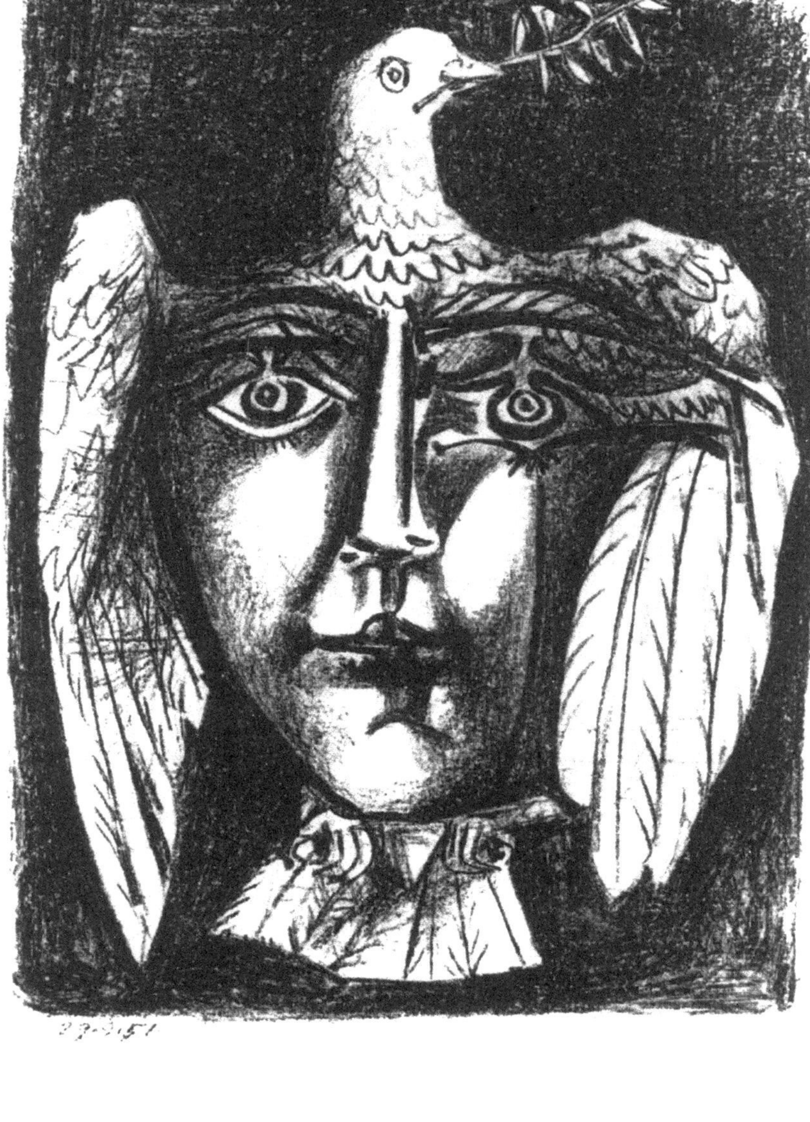

打破孤独*

好比一群黑压压的鸟，他们在夜里舞蹈。
纯洁的是他们的心，谁也不容易分清
哪些是小伙子，哪些是姑娘，

他们背上全扛着一杆枪。

手拉手，他们跳，他们唱
又古老，又清新的歌，自由的歌，
黑夜因此放出光明，发出火焰。

敌人在沉睡。

回音反复唱着他们对生活的爱，
他们的青春就像没有边际的海滩，

* 原诗略有格律，一般每行为十二音（即十二个音缀），三个独立行各为八音（即八个音缀）。

在沙滩上，大海带来了全世界的亲吻。

他们之中没有多少见过海的人。

可是，好好地生活是没有国界的旅行，
他们在一起生活得很好，并且也为了兄弟们；
各处的兄弟们，他们向往得高声地嚷。

高山走向平原，走向海滩；
再现他们的美梦和狂放的征服，
手伸向无数的手，好比泉水流向海。

一九四九年六月

礼赞集

（一九五〇年）

《礼赞集》发表于一九五〇年。该集所收的诗很少,大概十首光景,多半写于一九四九年。

胜利的人们[*]

"如果我失败了,倒霉的只是我自己;
如果我成功了,全体人民都有利。"

—— 瓦西尔·列夫斯基[1]

生硬、赤裸的曙光,
穿进诗人的花园,
金黄的花儿点缀着窗,
善良的人们从睡梦里醒来。

这儿大家知道怎样做人,
这儿大家都问心无愧。
这儿大家知道使自己年轻,
你要希望,你就得坚强。

---

[*] 原诗大体为七音诗(每行七个音缀),但颇有出规之处;无韵。

[1] 瓦西尔·列夫斯基(1837—1873),保加利亚人民反抗土耳其侵略斗争中的英雄和烈士。

在工厂附近，现在，

孩子们在健康地唱歌。

一个要饭的也没有了。

人民像一棵树似的往上长。

安全，这颗心脏，

准备跳动在人类的胸膛。

<small>一九五〇年四月，加尔洛伏 - 索菲亚</small>

裴多菲百年祭 *

我要向一个逝世已经百年的人致敬，
这人逝世的时候只有二十六岁。
可是匈牙利计算它的世纪，
总把它的儿女们的生命，
把它的诗人们的生命算在一起。
所以我在这儿向一位活着的诗人致敬。

裴多菲并没有从天上、从太阳里掉下来；
他的父亲卖猪肉，他的母亲当女仆。
我要在这儿歌唱他的穷困，他的光荣。
他的光荣在于战胜若干世纪的穷困，
因为他是活在众人心中的一个人。

手拿武器，他唤起狂风暴雨；

---

* 裴多菲，匈牙利爱国诗人，生于一八二三年。一八四九年，他参加匈牙利人民争取自由与独立的革命战争，贡献了自己的生命，那时年仅二十六岁。关于裴多菲，鲁迅先生早年曾作详细介绍，见《摩罗诗力说》第九段，《坟》第95至100页。原作无格律。

用了爱的言语，他招致雷霆霹雳，

谁也不准和朴素的玫瑰，和面包为敌。

我在这儿歌唱战胜了暴君的那位好汉，

歌唱那位被市井细民所祝福的诗人。

我要歌唱一个十五岁的孩子，

他当了演员，胆敢表演人生，

一个挨饿的孩子，他可是嘲笑虚空，

他是孩子，可是懂得做人，极伟大的人；

今日的孩子，永久的大人。

裴多菲认识红日东升对于大地多重要。

朝阳在劳动人民的手里扎下了根，

在积极生活与苟延残喘之间建立了桥，

朝阳照耀着使人复活的亲吻，

涓涓流泉把朝阳引向清新的芳草。

裴多菲知道正义的战斗多么快乐，

他知道歌唱盛夏的胜利，盛夏没有罪恶。

可是他满怀信心地战斗，流尽他的血，

为了在自由中死亡，为了希望永远不灭，

这是穷苦大众的希望，是匈牙利的蜜。

他的金光灿烂的诗句，同志们，拿你们

信仰的黄金，快乐的黄金来交换！

匈牙利有多少忠实的儿女，

匈牙利有多少英雄好汉，

她可以用星星，用裴多菲的美梦，

用匈牙利平原上的诗句来计算。

一九四九年七月三十一日

因为要活而被控告[*]

给美国共产党的各位领导者，
他们采取行动拥护和平而被"法办"。

一大群人坐在被告席上；那十二位
在群众的光辉之下，没有阴影。
他们是绿洲，绿洲隐蔽沙漠；
他们是盛餐，盛餐消灭贪馋。

正义的人士数不清，陪审的就这几个人，
仔细挑过，数过，和路碑一般分散的人。
他们忙于施展鬼把戏，布置些毒计，
想陷害群众，陷害这些顶天立地的汉子，
这些想出了和平与正义的主意的人。

* 原诗是整齐的十二音诗（每行十二个音缀），无韵。

群众越团结，个人的存在越切实；

用一个个的环节，我们结成联盟。

天天黎明，自由又增长了几分；

要活，这朴素的愿望发明了幸福。

谁能一笔勾销那些清白无辜的人？

火热的心肠使他们不断地再生，

不绝地响彻着他们理智的回音。

群众光听十二位说话，法官的话没人听。

清澈明朗的"未来"，已经把"过去"战胜。

畅言集
（一九五一年）

艾吕雅在他逝世前一年,一九五一年,发表了三种重要的新作:《畅言集》《凤凰集》《和平的面目》。此处选译《畅言集》十二首诗中之六首。这些诗和《政治诗集》的诗一样,除了个别例外,都具有比较整齐的格律。《希望的力量》尤为突出,不但是每一行诗都用十二音缀而且押着脚韵。每节八行,押韵如下:ABABBABA。

善良的正义

这是人类热烈的规律:
用葡萄,他们制造酒,
用煤炭,他们制造火,
用亲吻,他们制造人。

这是人类严峻的规律:
    不愿战争和苦难,
    不愿致命的危险,
    生命反正要保全。

这是人类甜蜜的规律:
    使水转变为光明,
    使梦转变为现实,
    使敌人转变为兄弟。

这条规律既古老又新鲜,

从赤子之心的深处,

一直到理智的顶点,

规律越发展越完善。

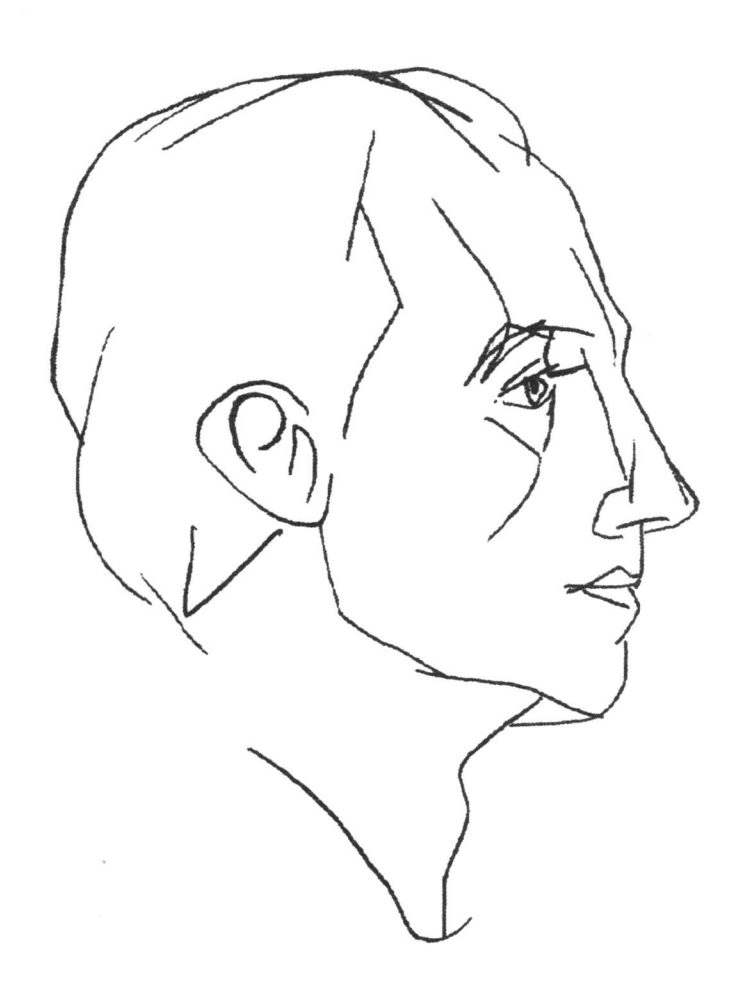

未来的时代 *

牢狱关了门，没有犯人往里送；

广大的人群中，牢狱是沉重的岩石。

我谈起这事像呼吸一样自如；

要是牢狱仍开着，我不免在里边。

现在大家全在外面。

劳动充满生气，

疲劳充满快活，

我在深深地呼吸，

超越自己的胸襟。

那些街道和房屋、草地、树林

闪耀着一片光，各有各的太阳，

乌云已经冲散。

*原诗无格律。

空中有一群太阳；

爱，是相互间的爱，

激动的心是大家的。

我无从回忆，

垂头丧气的过去。

一个诗人的僵化

—— 关于一个普通的诗人

他像羊毛一样温和,

他像丝绸一样精致,

他关上所有他的窗子,

闭上眼睛,欣赏自我。

他发现自己比谁都渺小些,

比所有天神,他倒是更伟大;

不过,那些神是他的想象,

他也知道那无非是幻想。

他的血活着毫无热气;

他的脑袋比一个肥皂泡

被阳光一把抓住的时候,

还要显得虚无缥缈。

于是他自己觉得自由，
因为不跟别人在一起；
于是他重新回到地上，
好比死人钻到地底下。

一个诗人的激昂

—— 关于弗拉基米尔·马雅可夫斯基

他像羊毛般温和,

他像丝绸般精致,

他的双手比有些

姑娘的手更柔软。

善于对孩子说话,

善于对大人说话;

比一位稚气的母亲,

他反映更多的天真。

他两眼能够看见

别人看不见的东西,

哪怕是疲乏的地狱,

哪怕是死亡的尘灰。

他反映劳动的科学，

他反映劳动的雄心，

他反映战斗的细节 ——

希望领导着战斗。

他像大炮，轰鸣着

祖国人民的胜利；

他吹乱生命的头发，

从高处给它戴帽❶。

无论高山上，阴影里，

他的正义矗立着；

形形色色的事物，

使他能哭又能笑。

❶ 这句诗是说马雅可夫斯基把崇高的理想给了生命。

善于抚摸的驯兽家,

一发怒就叫人怕;

他把自己的肉体

掷向敌人的炮火。

他的敌人全消灭,

只有他永远活着,

活在老百姓心里;

他全身热血沸腾,

为了拥抱全人类。

5 octobre 1971

希望的力量*

这么说简直是承认自己在穷途：
我自己一无所有，全让人剥夺完，
　　我像弯腰的奴隶奔走着道路，
　　奔到最后反正一死完蛋；
只有我的痛苦是我的私产，
流泪、淌汗，再加上最大的艰苦，
我无非是一个可怜的家伙，不然
　　就是强者眼里可耻的废物。

对于吃喝我跟任何人都一样，
　　欲望强烈到不知如何是好；
对于睡眠，我感到乡愁似的怅惘，
　　羡慕禽兽睡暖窝，没完没了。
我睡得太少，从来不欢乐、热闹，

---

* 作者原注："这首诗一九四六年十一月二十八日发表于《法兰西文学周报》，用化名棣棣哀·戴洛虚签具。作者要想借此摆脱他个人的写作形式。"

译者按：原诗格律整齐，并叶韵。艾吕雅的爱人女须一九四六年十一月二十六日病逝于巴黎寓所，其时艾吕雅正在瑞士疗养。这首诗，尽管是遭受到突然的打击之下的一声惨痛的惊呼，里边不免有些悲哀与失望的情调，而克服个人悲哀的顽强的意志，也表现得非常坚决。

从来不亲近女性。不管她多漂亮。

我的心虽然空，决不半途抛锚；

即使悲痛，我的心从来不彷徨。

我本来可以笑，陶醉于我的任性，

曙光在我的身上可以做窝，

像个保护者，细心地焕发着光明，

照耀着像我一样的人们，和花朵。

用不着你怜悯，假如你选定了这么做：

你不要正义，你保留短视的眼睛。

有一天，建设者行列中一定有我，

我们要修建活的广厦、巨厅 ——

浩大的群众，其中人人是朋友。

畅所欲言

总之,应当畅所欲言,可是我
缺少字句和时间,缺少胆量;
做着梦,我随便流露出一些形象,
我糊涂一生,没学好清楚地说话。

什么全说:山岩,大路,铺路石,
街道和行人,田野和那些牧童,
嫩毛似的春天,黄锈的冬天,
组成一个果子的寒冷和温热……

我愿意表现群众和个别的人,
表现使人兴奋或失望的一切,
以及在人的四季中,人照亮些什么:
他的希望,血液,遭遇和苦难。

我愿意表现广大的、被分割的群众，

如同墓园似的，被隔成若干块；

也表现打破了藩篱，战胜了统治者，

并且比黑影更强大，更纯洁的群众。

表现成群的手，成荫的树叶，

彷徨歧途，没有个性的野兽，

肥沃、丰产的河流以及露水，

站起来了的正义，牢固的幸福。

一个孩子的幸福，我能否从他的

洋娃娃、皮球，或从好天气引申？

一个男子的幸福，我有否勇气

按照他的老婆和孩子来说明？

我能否说清楚爱情和它的理由，

它的沉重的悲剧,轻飘飘的喜剧?

那些给予它日常性的机械动作,

以及给予它永恒性的那些抚摸?

我能否将收获和肥料相提并论,

像人们对于美观做了些善举?

能不能将需要和欲望互相比较,

将机械的举动和乐趣也作对比?

我有无足够的字句,在愤怒的巨大

翼翅之下,以仇恨清算仇恨?

能否表现受难者击败刽子手?

能否将"革命"表现得有声有色?

在坚定的目光中,晨曦是自由的黄金,

事物都不雷同,一切全新异、珍贵,

我听到小小的字句变成了格言,

超过痛苦，智慧并不复杂。

反对，我能否说出我多么反对
寂寞中养成的那些荒谬的怪癖！
我几乎死在那里边，无法自拔，
像英雄被捆缚、堵上嘴，寂寞而死。

我的身、心几乎在寂寞中解了体，
失去了形态，同时又有形态：
围绕着腐朽、下流、谄媚、战争、
冷漠和罪恶的各种各样的形态。

差点儿我的兄弟们要将我驱逐，
我曾说对他们的战斗什么也不懂；
我以为向"现在"可以过分地要索，
可是我对于"明日"毫无概念。

我能够战胜毁灭全仗那些人，
他们早知道生命包含些什么；
全仗所有的起义者，他们一边
检点武器，检查心，一边握手。

人呵，人群中唱着一支歌儿，
歌声不断地上升，毫无皱褶；
唱的是以未来反对死，反对侏儒
和狂徒的地牢，唱的是英雄的言语。

充满着黑压压的、粗大酒桶的地窖，
终于把门开向葡萄园地，
未来的美酒正在吸取太阳光；
这一切我能否用葡萄农的言语来说？

妇女们身材好像水，又像石头，
有坚硬，有轻捷，有柔和，也有的太完整。

群鸟横穿另一些空间，飞过去……

一只相识的狗慢慢地走着找骨头。

半夜里引不起回音，除非对于

很老的人，他糟蹋才华于平庸的歌曲；

尽管夜深，时间并没有白过，

要是别人不醒，我决不安睡。

我能不能说什么也比不上年轻，

一边指着面颊上光阴的烙纹？

什么也比不上无穷连续的反光，

只要种子和花开始怒放。

坦率的话、真实的事做起点，

信任就毫无顾虑地发展下去；

我要求别人发问以前先答复，

那么谁也不再说什么外国语。

而且谁也不愿意再践踏房顶，
再焚烧城市再堆积死人，因为
对于建设我将有充分的语句：
使人信任时间——唯一的源泉。

那时就得欢笑，健康的欢笑，
因为随时随地友爱而欢笑；
对别人将和对自己一样地心好，
人人喜爱自己被别人所爱。

比海洋还要清新，生命的欢喜，
巨浪似的，将代替脆弱的寒战；
什么也不再使我们怀疑这首诗；
我今天写这诗为的要否定昨天。

一九五〇年九月

和平的面目

（一九五一年）

《和平的面目》(一九五一年),原系题画诗,是毕加索二十九幅素描的伴奏。离开了画册,这些小诗仿佛不能充分发挥作用。因此在二十九首之中,此地只选译了七首。原诗无固定格律。

一九一八年艾吕雅写了《和平咏》,过了三十三年以后他写了《和平的面目》。用同一个主题,在诗人生命的两个不同季节中写成的诗,内容有很显著的区别。《和平咏》仅仅是从个人的角度体会了和平的可贵,而《和平的面目》是全世界热爱和平的人民的共同的呼声。这两首诗的比较,说明作者的感情如何从小我发展到大我。

和平的面目

和平鸽子做窝的地方我全知道,

最自然的地方要算人们的头脑。

对于正义和自由的爱

产生了一颗奇妙的果子。

　　这果子决不会变质,

因为它具有幸福的味道。

"给大家面包,给大家玫瑰!"

我们大家这样宣了誓。

我们迈开巨人的大步,

而且道路并不长到了不得。

我们顾不得休息,我们顾不得睡眠,

我们迅速争取黎明,迅速争取春天;

我们要准备岁月和季节,

按照我们美梦的尺寸。

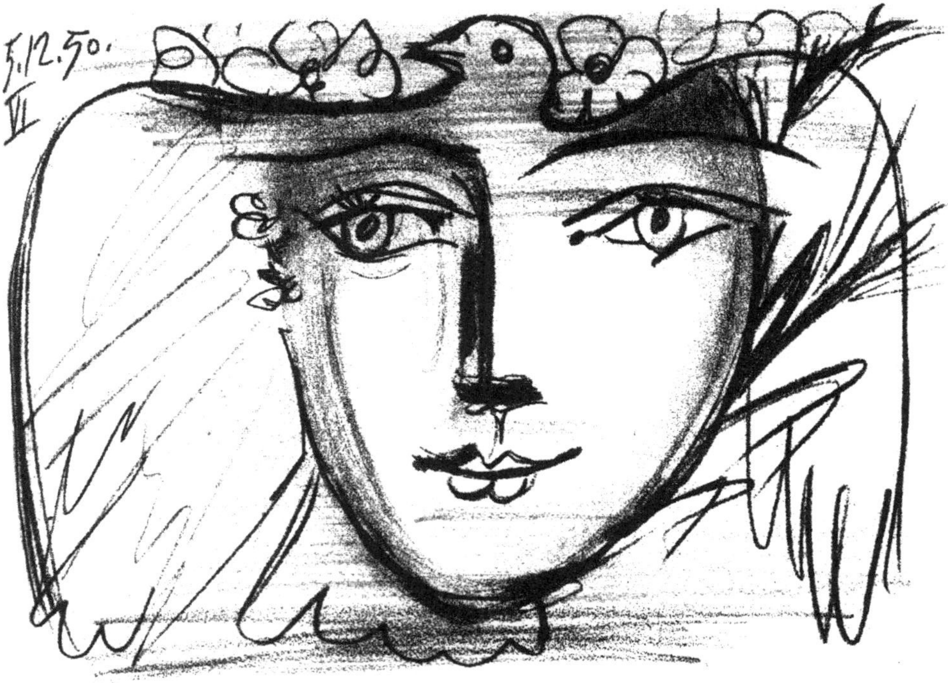
5.12.50.
VI

5.12.50. XVII

人用太阳光洗了脸,

就感到有活下去的必要,

并且使别人也活下去;

人充满着爱,和未来团结起来。

我的幸福,也就是我们的幸福,

我的太阳,也就是我们的太阳。

我们分享生命,

空间与时间,大家都有份。

5.12.50.XVIII

好比飞鸟信任它的羽翼,

我们知道我们伸向兄弟的手

引导我们到什么地方去。

未 编 集

（一九五一年至一九五二年）

这儿选译的三首诗代表艾吕雅诗歌的最后面目。这些诗在一九五一年至一九五二年间,陆续发表于法共的报刊上,未被编为专集出版。

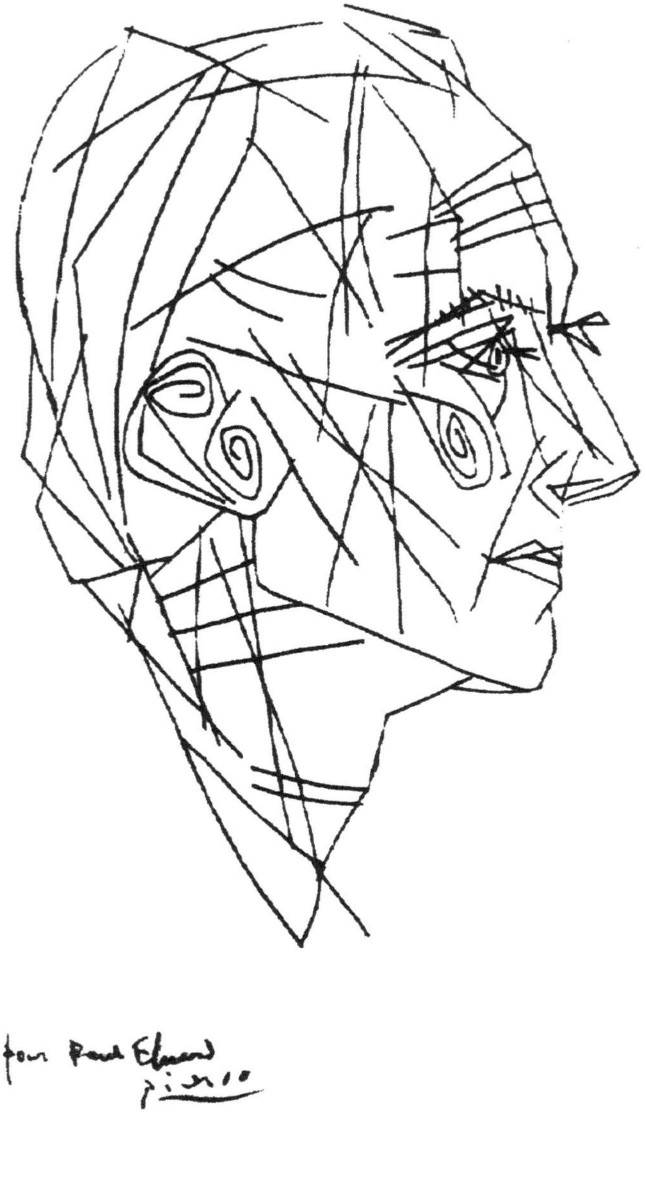
pour Paul Eluard
Picasso

布拉格的春夜 *

布拉格，过去可不像今天。
对未来蛮有把握的布拉格，
睁着眼睛，她在安眠。

她穿着雪白和金黄的衣裳，
朝霞是她衣裳的彩色，
她的眼睛使黑夜隐藏。

布拉格体现了春的形象，
她知道晴朗的天气从哪儿来，
她上升，升到光明大道上。

布拉格向疑虑关上了门，
有人询问她，她就回答，

* 原诗是格律整齐的八音诗（每行八个音缀），无韵。（译者曾以比这自由一些的形式翻译了这首诗，发表于一九五三年八月号《译文》杂志。）

如同星星回答黄昏。

布拉格在她的痛苦中壮大；
她心中里底斯留下烙印，
可是什么也不能阻挠她。

伏契克爱布拉格纯洁，敏感。
布拉格在死亡的笼罩之下
粉碎了她的那些敌人。

布拉格穿着雪白和金黄的衣裳，
这天夜里，她在酣睡，
可是她向未来睁着眼睛。

一九五二年春

给雅克·杜克洛[*]

统治者们躲在野兽的血盆大口里，

毒素等候着毒害鲜血，

贫困和战争在光天化日底下横行，

统治者们在庆祝春天。

玫瑰双周展览，时装表演晚会❶；

无聊的鬼脸，无聊的面具。

这时春天在到处产生着花和果，

花和果营养了我们的希望。

统治者庆祝春天好比庆祝自杀，

他们杀人等于自杀。

这是冷酷无情的进攻的季节，

疫病蔓延的季节。

---

* 原诗格律是十二音诗（每行十二个音缀）与八音诗（每行八个音缀）的参差交织：一句长，一句短。

这首诗初次发表于一九五二年六月十一日的《人道报》。那时，法国共产党最重要的领袖之一——雅克·杜克洛领导巴黎和全法国爱好和平的人民，起来示威，反对"瘟疫将军"李奇微来到法国，因而被法国反动政府非法逮捕，投入狱中。

❶ "玫瑰双周展览""时装表演晚会"，均为法国资产阶级粉饰太平、欺蒙人民的玩意儿。

他们要把人和自己的良心分开；
这是监狱的季节，
这是乱棍打人，向着善良的面目，
向着纯洁的事物诅咒的季节。

统治者，他们的精神飞向战争，
疯狂的战争，愈来愈空洞；
在那里边，人在世界上所能认识的
只有腐烂，只有骷髅。

但是，从痛苦到勇敢，从勇敢到坚定，
聚集了一大批新生的儿女。
他们什么都不怕，甚至不怕统治者，
因为未来对于他们显得这么美好。

他们知道在朝鲜，在越南，在突尼斯，

和他们一样的人正在昂起头来；

他们知道在人类大家庭里他们占多数，

他们和柏洛扬尼斯①一般地笑。

怎么能忍受没有希望的生活，

不看，不信，不了解？

难道在泥垢中，羞耻中，焦灰中，

让他们的手和眼睛失去光辉？

通过黄金的帷幕他们看见生命，

生命永远胜利，永远开展。

他们决不怀疑，我们决不怀疑，

朝日一定东升。

在这充满斗争的春天，这一半世界

照耀着那一半。

春天引导我们走向永恒的美梦的边境，

---

① 柏洛扬尼斯，是一九五二年四月初，被雅典的法西斯卖国反动政府，在美帝嗾使之下杀害的四位希腊爱国志士之一。毕加索所画的素描上，柏洛扬尼斯手拿一朵象征希望的石竹花，满面笑容。

我们所期待的就只是夏天。

夏天,好比一个光明的、深深的亲吻。

路易斯·卡洛斯·普列斯特斯[*]

我走向"未知":人和树林

是幽灵,没有云的天空

是穹隆 —— 笼罩着噩梦。

可是,在那些蛮荒的森林里,

什么也不能剥夺我所宝贵的东西。

哪怕黎明时分鬼怪显形,

哪怕闷热的夜里闹了妖精,

哪怕让人害怕的忧伤病,

尽管是在奥斯维辛[①]中的病根。

什么也不能使我和我亲爱的祖国分离,

兄弟们需要我,在我的祖国巴西。

他们看见,在许多生命历程上刻画着

---

[*] 路易斯·卡洛斯·普列斯特斯,巴西共产党总书记,一生努力于巴西人民的解放斗争,始终不懈。曾被囚禁十年。巴西名作家亚马多的小说《希望的骑士》,所叙述的就是普列斯特斯的斗争历史。原诗行列参差,并无格律。

① 奥斯维辛,纳粹的集中营。

忧郁，我的忧郁，
和他们自己生活的空虚。

就算我只不过千万人中的一个，
至少也得让我表示对他们的信任。
永恒的太阳你我全都有份，
我拒绝黑暗、我拒绝不公平。
人民对我启示了光明；
在困苦的深渊中人民需要光明。

我无非尽了一个人应尽的责任，
是人就得对美好的未来有信心。
我一边核计我们的希望，一边不断地前进，
世界上我有这么多的兄弟们，
怎么也不至于剩下我自己一个人。
我团结我们的力量，以此向大家号召：
我们一定能把胜利的江河引到

它们最终的目标。

在我祖国，树林很坚强，

比砍树的斧头更有力量。

我在祖国，尽量利用林树，

一直到斧头让步为止。

祖国是我的力量，我们骨肉相连；

国家属于人民，因此也属于我，

不久我们要享受国民的权利。

今天，什么也不能摧毁

跳动在我心中的许多心。

我们大家的路线就只一条，

路上满地乱石，满地荆棘，

可是我们的脚踹到地上很舒适，

我们的脑袋晒着太阳很舒适。

从巴西的阴暗深处,

我揭开层层的黑幕。

到处我点燃了光明,

我是一个有信心的人。

像我这样一个人

激怒服役于"愚蠢"的人们,

激怒因为自私而消极的人们。

我要征服幸福,

我要打开所有的门户。

我的希望传遍全球,

到处有人声起来响应。

贫穷困苦向后退走,

我前进,我们白手支起温床,

为了今天的种子,

为了明天的丰收。